おはなし日本文化

華道《かどう》

咲《さ》かせよう！ 世界のフェスティバル

結来月《ゆくづき》ひろは 作

miii《ミー》 絵

講談社

「クラブ、どうしようかなぁ」
ため息をつく私《わたし》の手元には、クラブ活動について書かれたプリントが一枚《まい》。

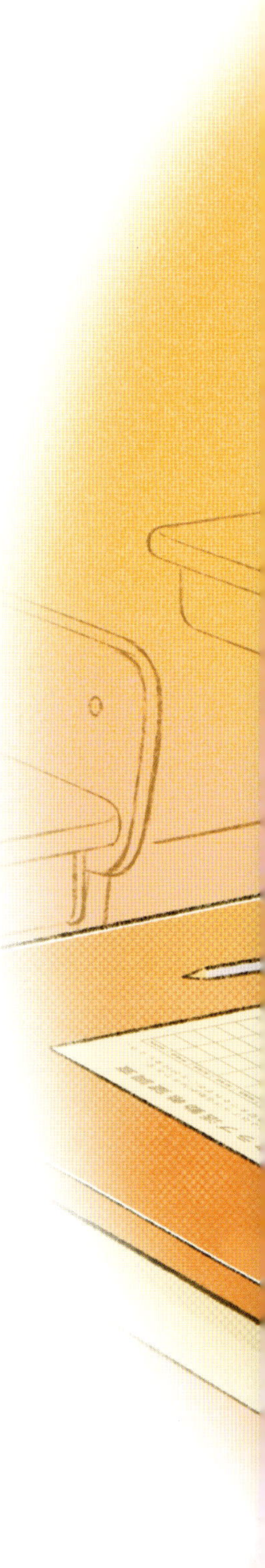

私《わたし》が通っている小学校では五年生の二学期になると全員がどこかのクラブに所属《しょぞく》して、クラブ活動をすることになっている。

今日の帰りの会では、それぞれ入りたいクラブを決めるようにと先生から説明があった。

入りたいクラブなんて言われても、とくにない場合はどうすればいいんだろう。

友達はバドミントンクラブやバスケットボールクラブに入るとすでに決めているみたいで、先生の説明が終わると、すぐに誘《さそ》い合《あ》ってクラブの見学に行ってしまった。

私《わたし》だって、友達と一緒《いっしょ》のクラブに入りたいけど、運動はあまり得意《とくい》じゃない。

体育の授業《じゅぎょう》だって、みんなについていくのがやっとで、授業《じゅぎょう》以外でスポーツをやりたいなんて思えない。

運動以外のクラブだったら、手芸クラブや料理クラブがあるけど、手先が器用じゃない私《わたし》にはどっちも難《むずか》しそうだ。

胸元《むなもと》で揺《ゆ》れるみつあみだって、お母さんにお願いして編《あ》んでもらったものだし、友達がひとりでも簡単《かんたん》に作れるって言ってたクッキーだって、一回もおいしく作れたことがない。

みんなと同じようにできないのが恥《は》ずかしくて、お母さんに髪《かみ》の毛《け》を編《あ》んでもらってることも、おいしいクッキーが作れないことも内緒《ないしょ》にしている。

「みんなみたいに運動やお菓子《かし》作《づく》りができたら、みんなと一緒《いっしょ》のクラブに入れたのに」

このままひとりでいたら、教室に戻《もど》ってきた子からクラブ見学に行かないのと聞かれてしまいそうで、私《わたし》は靴箱《くつばこ》へ向かうことにした。

ひとりでとぼとぼと廊下《ろうか》を歩いていると、空き教室の前に、小さな台が置かれているのに気づいた。

「あれ？　あんなところに台なんて置いてあったっけ？」

離《はな》れたところから見ていると、花の入った大きなお皿を持った男子生徒が来るのが見えて、私《わたし》はとっさに柱のかげに隠《かく》れてしまった。

男子生徒はその台の上にお皿を置くと向きを少し変えて、花をじっと見ていた。

「六年生の桜川《さくらがわ》くんだ」

私《わたし》はこっそり名前を口にした。

桜川くんは私《わたし》より一学年上の六年生。

イケメンで、私《わたし》の友達にもファンが多い。

私《わたし》もかっこいいなとは思っているけど、学年もちがうから話すことなんかなくて、ただ一方的に知ってるだけ。

そんな桜川くんが持ってきたお皿には赤や白、黄色、色とりどりの花が咲《さ》いている。

でも、どうして桜川くんが花を？

それに、どこから花を持ってきたんだろう？

ふしぎに思っていると、桜川くんは台の上に花を置いて去っていった。

「どこに行くのかな」

どうしようか迷《まよ》ったけど、桜川くんが花を持ってきたことが気になって、私《わたし》はこっそりと追いかけてみることにした。

六年生の教室がある校舎《こうしゃ》を通《とお》り過《す》ぎた桜川くんが向かったのは、特別室のある校舎《こうしゃ》だった。

校舎《こうしゃ》には音楽室や理科室、家庭科室があって、クラブ活動に使っている教室からは楽しそうな声が聞こえてくる。

桜川くんが向かったのは一階の一番奥《おく》にある教室で、ドアには華道《かどう》クラブと書いた紙が貼《は》られていた。

学校に華道《かどう》クラブがあったなんて、私《わたし》は初めて知った。

「ずっとついてきてるけど、俺《おれ》になにか用かな？」

ドアの前で桜川くんは急にこっちを振《ふ》り返《かえ》った。

どうしよう、バレてる……。

気まずく思いながら、私《わたし》は仕方なく桜川くんの前に姿《すがた》をあらわした。

「君は？」

「五年の桂木楓子《かつらぎふうこ》、です」

怒《おこ》られたらどうしようと思っていたけれど、桜川くんは怒《おこ》らずにたずねてきた。

「どうして俺《おれ》のあとをずっとついてきたの？」

桜川くんは私《わたし》の答えを待っている。

「その、私《わたし》、五年生で、どのクラブに入るか決めないといけないのに、なかなか決まらなくて悩《なや》んでて。それでさっき桜川くんが花を持ってきてるのを見て、ちょっと気になって。ごめんなさい」

緊張《きんちょう》してしどろもどろになりながらも、どうにか答えることができた。

私《わたし》の話を聞いていた桜川くんは教室のドアを開けた。

「せっかくだから、華道《かどう》クラブを見学していかない？」

「えっ」

「無理にとは言わないけど、どうかな？」

私《わたし》が勝手にあとをついてきただけなのに桜川くんは優《やさ》しくて、花には興味《きょうみ》がないなんて言えない。

「じゃあ……」

断《ことわ》ることができずに華道《かどう》クラブを見学することになった私《わたし》は、桜川くんに続いて教室に入っていく。

そこは私《わたし》がふだん授業《じゅぎょう》を受けている教室とほとんど同じだったけれど、壁《かべ》際《ぎわ》に置かれている大きな木の棚《たな》には花瓶《かびん》やお皿が並《なら》んでいた。

「棚《たな》に、お皿がしまってある？」

「あれは花器《かき》って言って、花をいけるためのものなんだよ。花瓶《かびん》やお皿みたいな形があって、花に合うものを自分で選んでいくんだ」

花器という言葉をさらっと言える桜川くんがすごくおとなに思えた。

「こっちの机《つくえ》で、花をいけてるんだよ」

教室の真ん中には向かい合わせでくっつけられた机《つくえ》があって、机《つくえ》に広げられた新聞紙の上にはさまざまな花が置かれていた。

そこから花を選んでいるのは椿山《つばきやま》さんだった。

椿山さんは学校一きれいと有名な六年生だ。私《わたし》は緊張《きんちょう》して固まるしかなかった。

「その人は？」

椿山さんは花を選ぶ手を止めて、私《わたし》を見た。

首を傾《かし》げると、きれいな髪《かみ》がさらさらと流れていく。

「クラブ見学の桂木さんだよ。華道《かどう》クラブに興味《きょうみ》があるんだって」

「見学？」

「うん。部員はひとりでも多いほうがいいから」

「前に見学に来た子も花に興味《きょうみ》がなくて、結局入部しなかったのに？」

椿山さんは私《わたし》のことを、あまり歓迎《かんげい》していないみたいだ。

少し怖《こわ》いけど、いきなりクラブ見学に来た私《わたし》がよく思われないのは仕方ないのかもしれない。

「はじめまして。五年の桂木楓子です。急に来てごめんなさい……」

謝《あやま》る私《わたし》を椿山さんはじっと見ていた。

「……椿山よ。よろしく」

「あいさつもすんだし、そこに座《すわ》って」

桜川くんに言われ、私《わたし》は言われたとおりに端《はし》っこの席に座《すわ》る。

すると桜川くんは棚《たな》から白いお皿を持ってきて、椿山さんの斜《なな》め向《む》かいに座《すわ》った。

「顧問《こもん》の林《はやし》先生も、もう少ししたら来ると思うから。それまで俺《おれ》と椿山さんがいけるところを見学してみるのはどうかな？」

「えっと……」

困《こま》ったことになってしまった。

本当はそんなに華道《かどう》に興味《きょうみ》もないから帰りたかったけど、クラブ見学をするって言ってしまったから断《ことわ》ることなんてできない。

最初のときにちゃんと断《ことわ》れてたらこんなことにならなかったのに、私《わたし》はいつもこうだ。

「はい……」

私《わたし》が答えると桜川くんは楽しそうに説明をしてくれた。

「華道《かどう》にはいろいろな流派《りゅうは》があって、その流派《りゅうは》によっていけ方はある程度《ていど》決まってるんだ。うちのクラブでは林先生の流派《りゅうは》でいけてるけど、流派《りゅうは》を気にせずに自由にいけることも多いな」

「なんだか難《むずか》しそうですね」

「基本《きほん》がきちんとできていれば、そんなに難《むずか》しくはないから大丈夫《だいじょうぶ》だよ」

桜川くんは説明しながら、新聞紙が巻《ま》かれた花束をひとつ手に取った。

新聞紙を開くと、その中から出てきたのはピンク色のカーネーション、柳《やなぎ》の枝《えだ》。そして菊《きく》に似《に》たような黄色い花だった。

「そのお花って、なんですか？」

気になった菊《きく》に似《に》た花を指さして、
私《わたし》はたずねてみた。
「これは菊《きく》の一種でスプレー菊《ぎく》、
スプレーマムと呼《よ》ばれることが多いかな」
「えっ、それも菊《きく》？」
私《わたし》の菊《きく》のイメージは着物に
描《か》いてあるようなもので、
こんなに花びらも小さくなかった。
「初めて見ると菊《きく》っぽくなくて、
少しびっくりするよね」
桜川くんは私《わたし》の反応《はんのう》を見て楽しそうに笑った。
「菊《きく》は日持ちがよくてきれいな花を長く楽しむことができるし、種類も多い
から、華道《かどう》によく使われるんだよ」

説明しながら、桜川くんは慣《な》れた手つきでピンク色のカーネーションをメインに、そのまわりには黄色いスプレーマム、最後に全体のバランスを見ながら柳《やなぎ》をいけていく。

真っ白な器《うつわ》の上に、次々と花を咲《さ》かせていく魔法使《まほうつか》いのように見えた。

椿山さんはどんな花を選んだんだろう。

気になって見てみると、椿山さんの手元にあるのは青い器《うつわ》に紫《むらさき》の花、薄《うす》いピンク色のバラ、そして桜川くんと同じ黄色のスプレーマムだ。

ふたりが花をいけていく手には迷《まよ》いがなく、まるで完成図が頭の中にあるみたい。

椿山さんがバラに手を伸《の》ばすのを見て、私《わたし》は思わず声をかけてしまった。

「あの、トゲは大丈夫《だいじょうぶ》なんですか？」

急に声をかけてしまったせいで、椿山さんはびっくりしたように目を丸くしてこっちを見た。

「急にごめんなさい。でもトゲがささったらと思って」

「……トゲはね」

椿山さんはトゲをさけて一本のバラを手にする。

そして、もう片方《かたほう》の手に持ったのは花を切るハサミだった。

ハサミでトゲを切るのかなと思っていたけど、椿山さんはハサミを閉《と》じたままだ。

それを一体どうするんだろう。

椿山さんはハサミを閉《と》じたまま、ハサミの背《せ》をバラの茎《くき》に当てると、ピーラーを使って皮むきをするみたいに動かしていく。

すると、パラパラとバラの茎《くき》からトゲが落ちていった。

「こうすると、取れるの」

椿山さんが差し出したバラの茎《くき》を見ると、ハサミをすべらせた場所はトゲがなくなって、つるりとした茎《くき》になっていた。

「すごい、これならトゲがささることもないですね！」

「べつにすごくなんてないわよ、これくらい」

椿山さんはそう言うと、再《ふたた》び花に向き合った。

それからはふたりの邪魔《じゃま》にならないように、なにも言わずにふたりが花をいけるところを、ただじっと見ていた。

教室にはふたりのハサミの音と、グラウンドからの歓声《かんせい》が聞こえてくるだけだ。

「できたわ」

「俺《おれ》もちょうどいけ終わった」

「わぁっ、どっちのお花もすごい！」

気づけば、そんな声が出ていた。

椿山さんの花はとても華《はな》やかで、ゴージャスな雰囲気《ふんいき》がある。

「どうすごいのか、せっかくだから聞かせて？」

「その、椿山さんのお花は華《はな》やかさがあって、椿山さんがいける手つきも、なんだかすごく優雅《ゆうが》できれいで……紫《むらさき》に黄色にピンクって、ぜんぜんちがう色なのにケンカしてなくて、それぞれのお花が引き立て合ってて」

椿山さんに言われた私《わたし》は緊張《きんちょう》しながらも、自分なりに感じたことを伝えていく。

「そんなふうに私《わたし》の花を見てたのね」

なにかおかしなことを言ってしまったのかもしれない。

不安に思っていると、桜川くんから声をかけられた。

「俺《おれ》の花もどう思うか、桂木さんの感想を聞かせてほしいな」

まさか桜川くんからも感想を求められるとは思っていなかった。

「えっと、桜川くんの花は、シンプルで凛《りん》としていて、かっこいい、です」

男の子に面と向かってかっこいいと言うのは初めてで、なんだかすごく恥《は》ずかしかった。

「花がかっこいいなんて、初めて言われたよ」

少し照れたように笑う桜川くんに、なんだか私《わたし》まで照れくさくなってくる。

そんな私《わたし》に椿山さんはある提案《ていあん》をした。

「興味《きょうみ》があるなら、実際《じっさい》に花をいけてみればいいんじゃない？」

「花をいけるって、私《わたし》が!?」

驚《おどろ》いて顔を上げると、椿山さんは当たり前のように言った。

「あなたの他に誰《だれ》がいるのよ」

「そんな、私《わたし》には無理ですよ。私《わたし》、お花をいけたことがないどころか、お花をいけるのを見たのも、さっきが初めてだし、できるかどうか」

「あんなに熱心に花をいけるのを見てたなら、大丈夫《だいじょうぶ》だと思うけど」

「花をいけるのは楽しいし、一度やってみたらどうかな？」

ふたりからそんなふうに言われて断《ことわ》れるはずがない。

「わ、わかりました。私《わたし》、やってみます」

「じゃあ、まず花器選びからだね。後ろの棚《たな》にあるものから好きなのを選んでみて」

「好きなものって言われても……」

いくつも並《なら》んでいる花器の中から好きなものと言われても逆《ぎゃく》に迷《まよ》ってしまう。

そんな私《わたし》に桜川くんがアドバイスをくれた。

「水が入ればなんでも花器になるんだけど、初めてなら白くて大きめの花器がどんな花にも合わせやすいよ」

「じゃあ、これにします」

桜川くんのアドバイスをもとに、私《わたし》が選んだのは白色の楕円形《だえんけい》の器《うつわ》だった。

「はい、これ」

桜川くんが器《うつわ》に置いたのは、たくさんの鋭《するど》い針《はり》がついている丸い金属《きんぞく》だった。

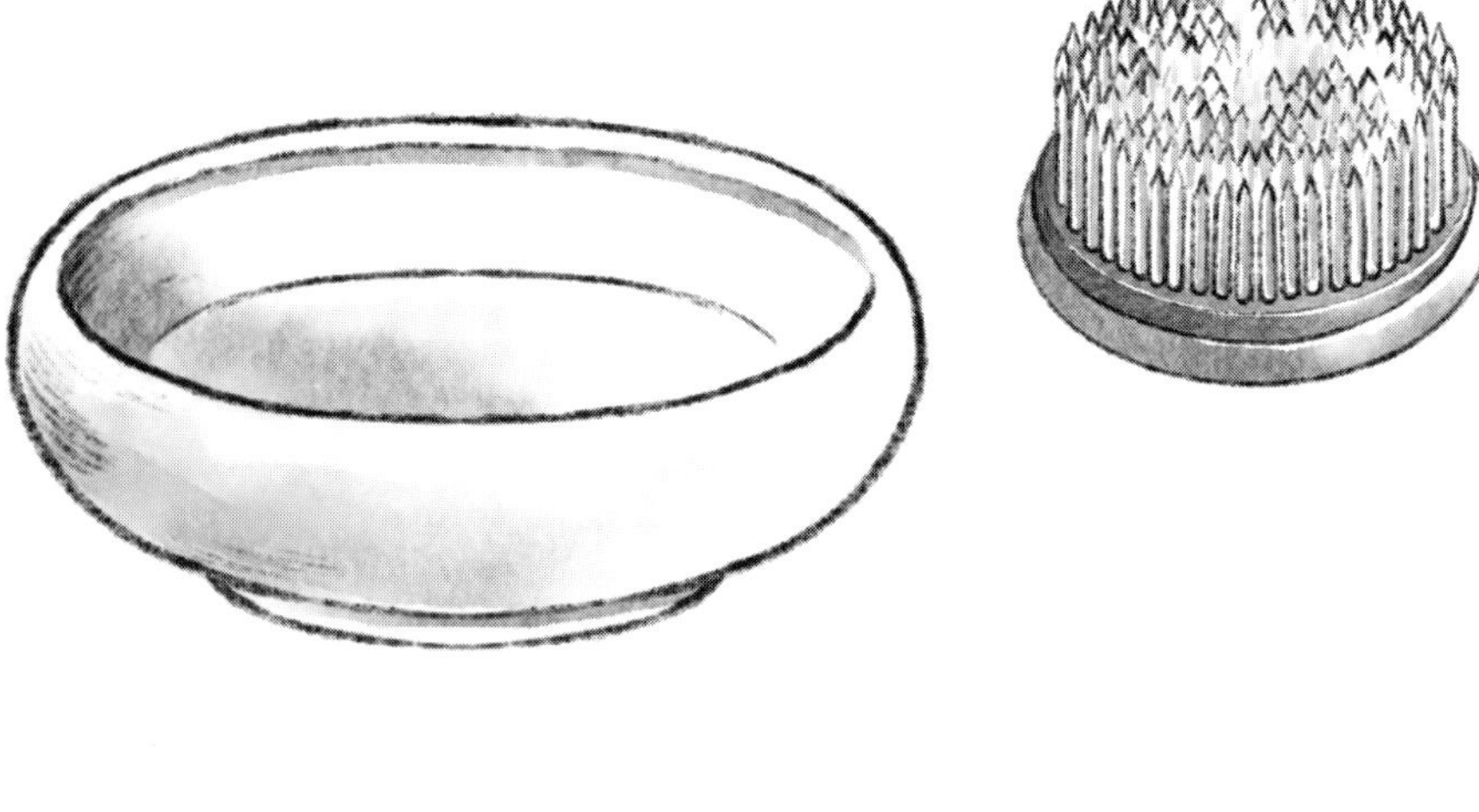

「これは？」

「剣山《けんざん》だよ。そこについてる針《はり》に花をさしていけていくんだ。そうすると花が倒《たお》れることがなくて、仕上がりもきれいなんだよ」

「スポンジを使うこともあるけど、基本《きほん》は剣山《けんざん》を使うのよ」

「そうなんですね」

前にお母さんが家に飾《かざ》る花を買ってきたときには緑色のスポンジに花がさしてあったから少し驚《おどろ》いてしまった。

「指をささないように気をつけてね」

「はい」

選んだ花器を持って戻《もど》ってくると、椿山さんがハサミを机《つくえ》に置いてくれた。

「ハサミは私《わたし》のを貸《か》してあげる。花バサミっていうのよ」

「ありがとうございます」

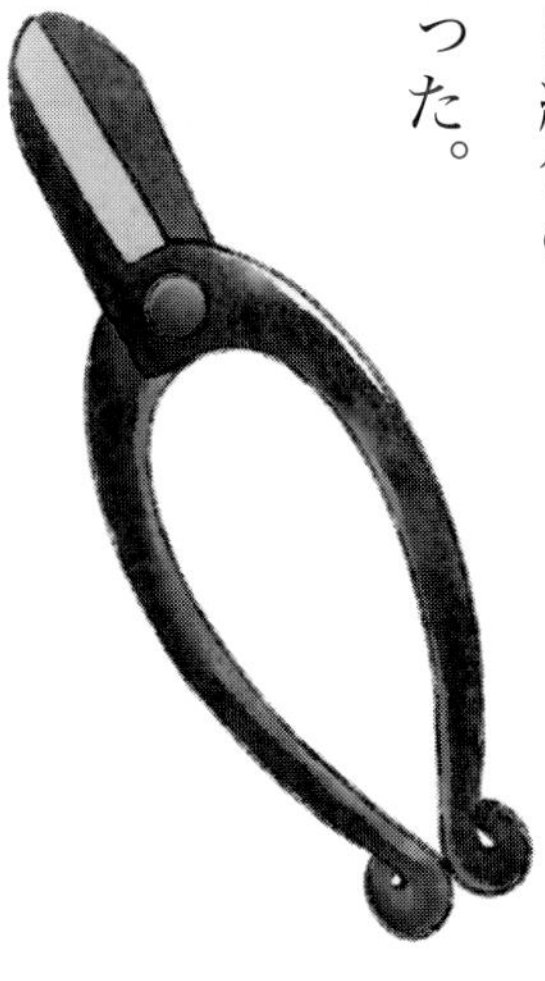

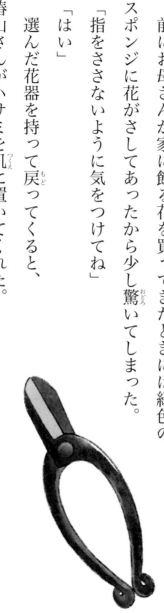

ハサミを持ってみると、手にずしりと感じる重さにびっくりした。

刃先《はさき》もふだん使っているハサミよりも鋭《するど》くて、手を切らないように注意しないと。

そんなことを考えていると、桜川くんが新聞紙の上にたくさんの花を広げていく。

「ここから好きな花を選んでいいよ」

「ありがとうございます」

どんな花があるのだろうと見ていく。

赤や白、ピンクに黄色の花が並《なら》ぶ中で、私《わたし》はあるものにとくに目をひかれた。

「……きつね？」

それはきつねの顔のように見える実をつけた植物だった。

初めて見る植物だけど、黄色くてつやつやした実は見れば見るほど、きつねの顔に似《に》ている。

手にした植物をながめていると、先生がやってきた。

「華道《かどう》クラブの顧問《こもん》の林よ」

教室にやってきた林先生は五十代くらいの女の先生で、おっとりした様子で私《わたし》を見た。

「こんにちは。五年の桂木です」

「華道《かどう》に興味《きょうみ》を持って来てくれるなんてうれしいわ。なんでも聞いてね」

「あの、私《わたし》、華道《かどう》について、そもそもなにも知らないんです」

華道《かどう》は昔からあるものとは知っていたけど、くわしいことは知らない。

「華道《かどう》の歴史《れきし》をはじまりから説明するとね、仏前《ぶつぜん》に花を供《そな》える習慣《しゅうかん》がもとになって、そこから室町時代《むろまちじだい》のお坊《ぼう》さんが華道《かどう》を確立《かくりつ》したと言われているのよ」

「お坊《ぼう》さんが華道《かどう》を作ったんですね」

まさかお坊《ぼう》さんが華道《かどう》に関係しているなんて思わなかった。

「ふふ、きっと華道《かどう》を確立《かくりつ》したお坊《ぼう》さんもこんなに長く華道《かどう》が受《う》け継《つ》がれていくとは思ってなかったかもしれないわね。今では葉っぱや枝《えだ》、実のついたものもいけるようになったし、素敵《すてき》な花や変わった花もいっぱい増《ふ》えたから」

「これみたいに？」

私《わたし》が手にしたままになっていた植物を差し出すと、林先生はにっこりと笑って説明をしてくれた。

「それはフォックスフェイスね」

「きつねの顔？」

「ええ、形がきつねの顔と似《に》ているから、その名前がつけられたそうよ。ちなみにナスの仲間なの。あまり花材で見かけないから珍《めずら》しいわね」

説明をする林先生は楽しそうで、なんだか私《わたし》まで楽しくなってくる。

「私《わたし》、これを使いたいです。まずはなにをしたらいいですか？」

「じゃあ、いける前に花のいけ方を教えるわね。流派《りゅうは》によってちがうけど、私《わたし》の流派《りゅうは》では三角形を描《えが》くようにしていけていくのよ」

「三角形ですか？」

「そうよ。一番奥《おく》の花を最も高くして、手前の花を低めに。花の種類が三種類あれば、三種類それぞれで正面から見て三角形を作るようにしていけていくのよ。言葉で説明すると難《むずか》しいけど大・中・小の三角形が重なってひとつになるようなイメージかしらね」

林先生の話を聞いてから桜川くんと椿山さんがいけた花を改めて見てみると、たしかにそれぞれの花で三角形を描《えが》くようになっているのがわかる。

「あとは私《わたし》の流派《りゅうは》だけではないと思うけれど、花をいけることを通じて、自然の大切さや自然の姿《すがた》の美しさを知ることができるのよ。花器の中に花で自然や四季を自分なりに表現《ひょうげん》して、いろいろな人と花を見て楽しむ。私《わたし》も若《わか》いころに華道《かどう》がきっかけでできた友達とは、今でも仲がいいのよ。それに華道《かどう》を通じて集中力や観察力を身につけることができるわね」

集中力が身につくならやりたいと思うけど。

「自然や四季を表現《ひょうげん》するって、なんだか難《むずか》しそう」

「花でなにを表現《ひょうげん》するかはいける人によってちがうものだし、自然や四季じゃなくても大丈夫《だいじょうぶ》よ。ちがいを楽しむのも華道《かどう》の魅力《みりょく》だから。私《わたし》の友達はお風呂上《ふろあ》がりをテーマに牛乳瓶《ぎゅうにゅうびん》に花をいけたこともあったわ」

林先生は笑《え》みを浮《う》かべた。

みんなみたいに運動ができなくて器用じゃない。

そんな自分のこともいいって思えるようになるのかな。

林先生が言ってたみたいに、もしも華道《かどう》を通じて自分を表現《ひょうげん》することで、ちょっとでも自分を好きになれたらいいな。なりたいなって思う。

「最初は難《むずか》しいと思うけど、とにかくいけてみましょうか」

「はい」

先生たちに見守られながら、私《わたし》は初めての華道《かどう》に挑戦《ちょうせん》することになった。

どうしようか悩《なや》むけど、せっかくなら、このきつねみたいな実を目立たせたい。

フォックスフェイスを目立たせるように赤と白の花を一緒《いっしょ》にいけて、和風っぽくしてみるのはどうだろう。

イメージするのはお稲荷《いなり》さん。

大きな鈴《すず》を鳴らして願い事をしていく人を見守っているきつねだ。

フォックスフェイスできつねと鈴《すず》を、赤と白の花で鈴《すず》と一緒《いっしょ》にぶら下がっている紅白《こうはく》の綱《つな》をそれぞれ表現《ひょうげん》していく。

短くしすぎないように茎《くき》を切って、三角形を意識《いしき》して剣山《けんざん》にさしていく。

「できました！」

思ったよりも時間はかかってしまったけど、どうにか完成させることができた。

「どうですか？」

ドキドキしながら、私《わたし》は三人の言葉を待っていた。

「フォックスフェイスを前に持ってきたのね」

「はい、その実を目立たせたくて」

「素敵《すてき》だと思うわ」

「本当ですか？」

「ええ。後ろにある赤と白の花とフォックスフェイスの組み合わせが、和風なイメージでいいわね。ふたりはどう思うかしら？」

林先生にたずねられて、先に答えたのは椿山さんだった。

「いいんじゃないかしら」

「俺《おれ》もすごくいいと思うよ。花をいけている最中の桂木さんがすごく楽しそうだったし、出来上がりをしっかりイメージしていけたことが伝わってくるから」

「よかったぁ。ぜんぜんできてないって言われたら、どうしようと思った」

自分が作ったものを、いけた花をほめてもらえるのがこんなにうれしいなんて、私《わたし》は初めて知った。

「せっかくだから桂木さんの花も飾《かざ》ろうよ。飾《かざ》る場所って、どこが空いてた？」

「たしか渡《わた》り廊下《ろうか》がまだ空いてたと思うから、そこに飾《かざ》るのはどうかしら」

桜川くんと椿山さんは飾《かざ》ることが決まったかのように話を進めている。

「待ってください。べつに私《わたし》の花を飾《かざ》らなくたって」

「せっかくきれいにいけた花なんだし、多くの人に見てもらったほうがいいと思うよ」

「でも、まだ私《わたし》、部員でもないし」

「だったら、なればいいんじゃないかな？　椿山さんもそう思わない？」

「まじめに花をいけてくれる部員が増《ふ》えるのは、私《わたし》もうれしいわ」

私《わたし》が華道《かどう》クラブに入ることが決まったみたいに、桜川くんと椿山さんは話している。

たしかにちょっといいなって思ったけど、どうしよう。

「気持ちはわかるけど、ちゃんと桂木さんの意見を聞かないと」

林先生はふたりにやんわりと注意して、私《わたし》を見た。

「桂木さんはどう思ってるのかしら？」

最初は考えますと言おうと思っていた。

だって急すぎるし、手先も器用じゃないし、桜川くんたちみたいにできるようになるかもわからないから。だけど、これまでに感じたことのないくらい胸《むね》がドキドキしていて、気づけば私《わたし》は答えていた。

「私《わたし》、華道《かどう》クラブに入りたいです！」

こうして私《わたし》は華道《かどう》クラブに入部することを決めて、私《わたし》の初めてのいけばなはそのまま渡《わた》り廊下《ろうか》に飾《かざ》られることになった。

渡《わた》り廊下《ろうか》は生徒がよく通る場所ということもあって、次の日、登校した私《わたし》は同じクラスの子たちに次々と声をかけられた。

「華道《かどう》クラブなんて初めて知った」

「楓子って、華道《かどう》クラブに入ったんだね」

「うん」

友達は私《わたし》が華道《かどう》クラブに入ったことに、ちょっとびっくりしていた。

私《わたし》だって、まだどこか信じられないけど、心から華道《かどう》クラブに入りたいって思ったから、後悔《こうかい》はない。

私《わたし》も桜川くんがきっかけで華道《かどう》クラブがあることを初めて知ったくらいで、あのとき、桜川くんを見かけることがなかったら知らないままだったと思う。

「渡《わた》り廊下《ろうか》のお花、見たよ。すごくきれいだった」

「本当に？　ありがとう」

こんなふうに誰《だれ》かからほめられることはなかったから、なんだかすごく照れくさかった。

放課後、いつものように華道《かどう》クラブの教室に行くと、そこにいるのは椿山さんだけだった。

椿山さんは花をいけている最中で、私《わたし》は邪魔《じゃま》をしないように準備《じゅんび》を始める。

初めて花をいけたときから花をいけることがとても楽しくて、クラブの時間が楽しみになっていた。

「今日はどれにしようかな……」

水の入ったバケツに入っている新聞紙に包まれた花束をひとつ選ぶ。

クラブ活動で使う花は先生が予算内で花屋さんにお任《まか》せして選んでもらっているそうで、どんな花が届《とど》くのかはクラブの日にならないとわからない。

私《わたし》が選んだ今日の花束の中にあったのははっきりとした黄色と紫《むらさき》の花で、それに合わせて黒の四角い花器を選んで、椿山さんの隣《となり》の席に着く。

黄色と紫《むらさき》から私《わたし》がイメージしたのは月の出た夜だった。

私《わたし》は入部と同時に用意してもらった自分用のハサミを手にすると、さっそく花をいけていくけど、固くて枝《えだ》をうまくさせない。

それでも花をいけるのはすごく楽しい。

花をいけていると自分のイメージと花が重なっていくにつれて、どんどん楽しい気持ちがあふれ出してくる。

華道《かどう》はきっちりいけ方が決まっていて、そのとおりにいけなければいけないものだと思っていた。

だけど実際《じっさい》にいけてみると、桜川くんと椿山さんの花、そして私《わたし》の花。

同じ流派《りゅうは》で、同じ林先生に教えてもらっているのに、同じ花を使っても、ちがう花ができあがっていく。

いける人によって、まったくちがったものになるのがおもしろくてこんなに花が楽しいものだなんて思っていなかった。

それに華道《かどう》クラブに入ってから、花屋さんに立《た》ち寄《よ》ることが増《ふ》えたし、今までならあまり気にならなかった花の名前が気になるようにもなって、友達や家族と遊びに行った先で素敵《すてき》な花が飾《かざ》られていたり、花のいけ方の参考になりそうな飾《かざ》り方《かた》をされていたりすると、ついじっと見てしまう。

家でも花をいけられるように剣山《けんざん》やハサミ、花器をそろえたいと思って、少しずつだけどお小遣《こづか》いを貯《た》めている最中だ。

「ねえ」

「はっ、はいっ!?」

「手が止まってるけど」

考え事をしていた私《わたし》が手に持っていたのは錦木《にしきぎ》という木の枝《えだ》だった。

「固くてなかなか剣山《けんざん》にさせなくて、どうしたらいいのかなって」

「貸《か》してみて。草は直角に切るんだけど、こういう木の場合は斜《なな》めに切って」

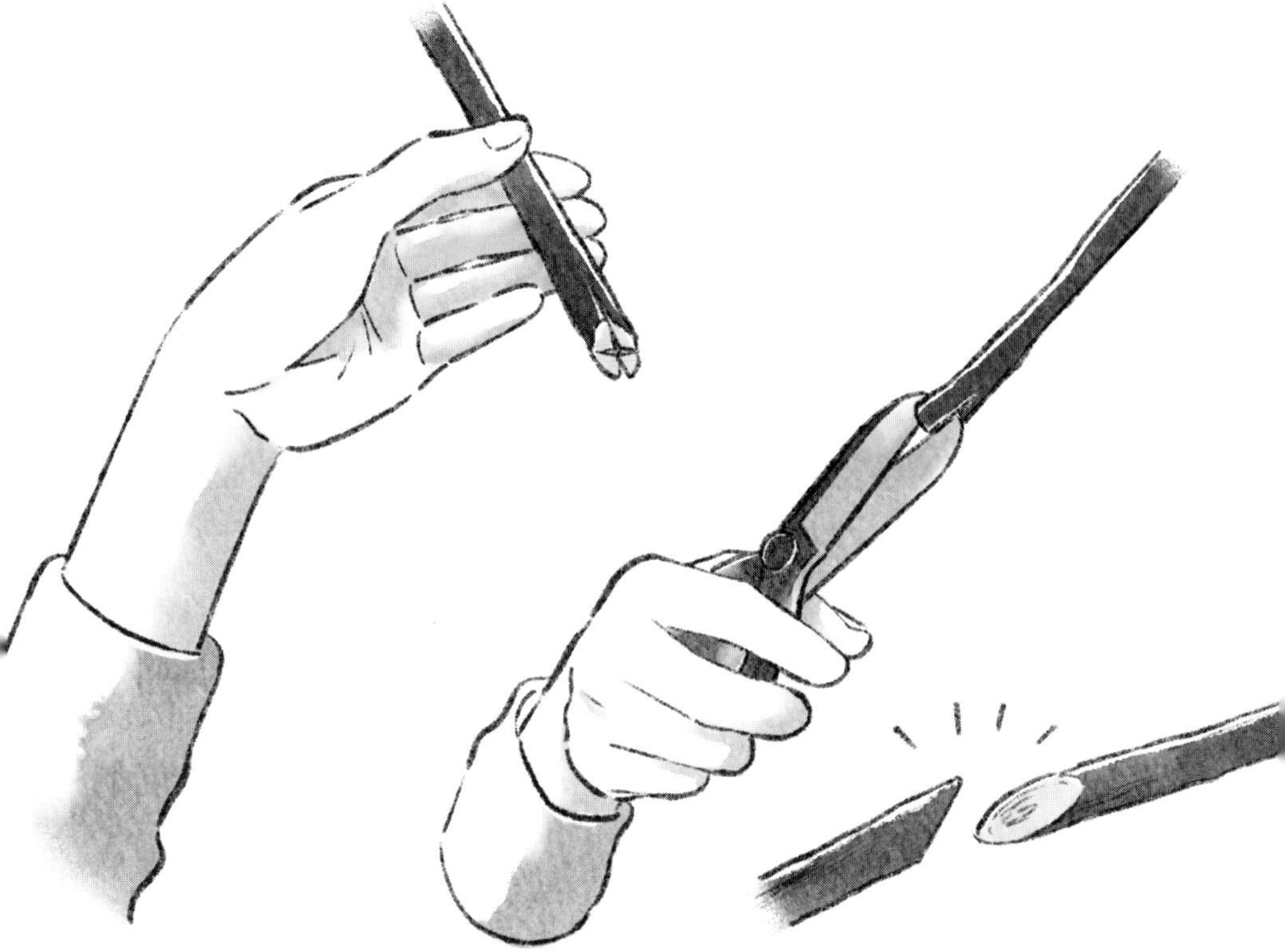

椿山さんは錦木《にしきぎ》を手にすると、斜《なな》めに切った枝《えだ》の切り口にハサミで十字に切《き》り込《こ》みを入れていく。

「こうやって十字に切《き》り込《こ》みを入れるとさしやすくなるから。これで剣山《けんざん》にさしてみて」

椿山さんに差し出された錦木《にしきぎ》を剣山《けんざん》にさしてみると、しっかり深くまでさすことができた。

「ちゃんと奥《おく》までささって、ぐらぐらしない！」

「あと黄色のユリだけど、花粉《かふん》が服につくから気をつけて」

「えっ、あっ！」

椿山さんから教えてもらったときには、すでに私《わたし》の白色の服にはユリの花の花粉《かふん》がついてしまっていた。

「ユリをいけるときは、花粉《かふん》がつかないようにあらかじめおしべをとっておくといいの。もっと早く言えばよかったわね」

「いえ、教えてくれてありがとうございます。今度からはそうします」

次に枝《えだ》やユリをいけるときには椿山さんから教えてもらった方法を試《ため》してみよう。

そうすれば、もっと簡単《かんたん》に、そして服を汚《よご》すことなく花をいけることができるはずだ。

そんなことを思っていた私《わたし》に椿山さんがたずねてきた。

「桂木さんは、華道《かどう》が好き？」

「はい、好きです！　難《むずか》しいけど楽しくて、それに桜川くんや椿山さんがお花をいけてるのを見るのも好きです」

椿山さんがぷいっと顔をそむけてしまったところに、遅《おく》れて桜川くんがやってきた。

「遅《おそ》くなってごめん」

「掃除当番《そうじとうばん》にしては遅《おそ》かったわね」

「じつはこのプリントを取りに行ってて」

桜川くんが差し出してきたのは一枚《まい》のプリントだった。

「学校祭のお知らせ？」

私《わたし》たちの学校では年に一回、学校祭と呼《よ》ばれるイベントがおこなわれる。

その日は生徒の保護者《ほごしゃ》も学校に入ることができて、生徒たちはいろいろな発表や展示《てんじ》をすることになっている。

今年の学校祭のテーマは〝特別な一日〟だ。

「高学年は学校祭でクラブに関する展示《てんじ》や発表をすることになってるんだよ」

言われてみると、私《わたし》も去年クラブの発表や展示《てんじ》を見て回った覚えがある。

自分が展示《てんじ》や発表をする側になるなんて、なんだかふしぎな気持ちだ。

「華道《かどう》クラブはいけた花を展示《てんじ》して、それを来る人たちに見てもらいたいと思ってるんだけど、ふたりもそれでいいかな？」

「ええ。華道《かどう》クラブなんだから」

「はい。私《わたし》もお花をたくさんの人に見てほしいです」

「じゃあ、これからは学校祭に向けての準備《じゅんび》も一緒《いっしょ》に進めていこう」

そのあとの話し合いで華道《かどう》クラブの展示《てんじ》のテーマは「世界のお祭り」に決まり、そのテーマに合った花をそれぞれがいけることになった。

今回の展示《てんじ》で使う花器は特別に借りられることになり、なかなか使うことができない花器を選ぶのはワクワクして、気合も十分だった。

なかでも一番大変だったのは林先生とも相談して決めた金額《きんがく》の中で、それぞれがどんな花をいけたいのかを調べて決めていくことだった。

ふだんは林先生が予算を決めて、花屋さんに選んでもらっているから、自分で花を選ぶのは初めてだった。

図書館で花の図鑑《ずかん》を借り、花の候補《こうほ》を選んでから花屋さんに行ったけど、私《わたし》が思っていた以上に一本の値段《ねだん》が高いことにびっくりした。

それからもう一度予算に収《おさ》まるように選び直して、どうにか自分の花を決めることができた。

「俺《おれ》は南国のお祭りをイメージしてダリア、ケイトウ、モンステラにしたよ」

「テーマはスペインの火祭りで、ユリに赤のセンニチコウ、それに白いバラを合わせるわ」

「私《わたし》は夏祭りっぽくしたくて、ハイドランジアにリンドウ。あとはポンポン菊《ぎく》を選びました」

ハイドランジアは図鑑《ずかん》で初めて名前を知ったアジサイの一種で土壌《どじょう》の酸性《さんせい》

度《ど》によって青色からピンクまでちがう色になるおもしろい性質《せいしつ》を持っているのにひかれて選んでみた。

桜川くんの花はシンプルだけどパッと目をひくし、椿山さんの花はあざやかな色味で、ふたりがどんなふうにいけるのかとても楽しみだった。

それぞれが決めた花とそれ以外の装飾《そうしょく》に使う花を花屋さんに注文して、展示《てんじ》に必要な小物を買いに行って。

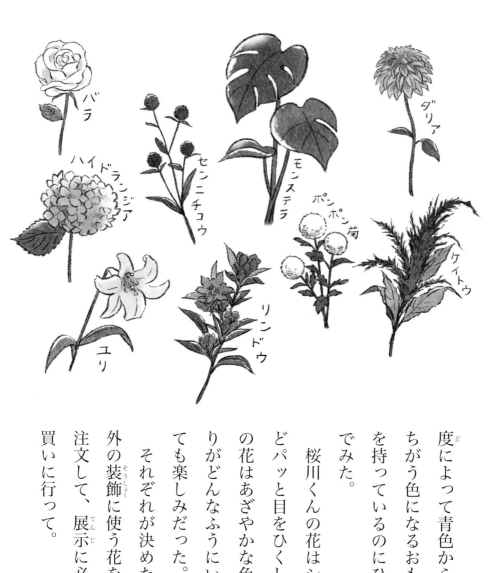

ようやくすべての準備《じゅんび》が終わったのは、学校祭の前日のことだった。

そのころにはもうクタクタで、さすがの桜川くんも椿山さんも疲《つか》れた様子だった。

「花器はもうすぐ届《とど》くように手配してるわ」

「お疲《つか》れ」

「ありがとうございます」

「これくらいどうってことないわ。それに」

「それに？」

「私《わたし》のほうが先輩《せんぱい》なんだから」

「すっかりいい先輩《せんぱい》になったよね、椿山さんも」

椿山さんの言葉を聞いた桜川くんはつぶやいた。

「そんな意外そうに言わなくてもいいじゃない。桜川くんだって、去年は面《めん》倒《どう》くさいばっかり言ってたのに」

「それはそうだけど……」
去年のことを思い出したのか。
桜川くんは不機嫌《ふきげん》そうに、むすりと顔をしかめた。
そうしていると〝おとなっぽくてかっこいい〟と言われている
桜川くんも、私《わたし》とひとつしか学年の変わらない男の子に見える。
「あのときはいけた花を見てもらえなくて、くやしかったんだ」
学校一のイケメンでスポーツも勉強もできて、女の子から人気があって。
そんな桜川くんでも悩《なや》むことがあるんだ。
他の子たちと同じように桜川くんのことを
イケメンとしか見ていなかった自分が
恥《は》ずかしかった。
「でも今年は去年とちがうでしょう。
部員もひとり増《ふ》えたんだし。

去年とちがうところを、花を通して見せればいいじゃない」

「そうだね」

「いけた花を見てもらえるように、私《わたし》もがんばります！」

「ありがとう、桂木さん」

桜川くんが差し出した手の上に、椿山さんと私《わたし》が手を重ねていく。

「今年の学校祭、この三人で絶対《ぜったい》に成功させよう！」

「もちろん！」

「はい！」

改めて心をひとつにした私《わたし》たちは残りの準備《じゅんび》を進めていく。

展示《てんじ》をする教室をきれいに掃除《そうじ》して、あらかじめ考えていた配置に机《つくえ》を移《い》動《どう》させる。

発注していた花も無事に届《とど》いて、あとは花をいけるための花器が届《とど》くのを待つだけになったけれど、いくら待っても、花器は届《とど》かない。

「椿山さん、遅《おそ》いね」

「言われてみれば、そうですね」

学校祭の前日は準備《じゅんび》のために、特別に完全下校の時間が延《の》びるけれど、それでもさすがにそろそろ花器が届《とど》かないと準備《じゅんび》が間に合わなくなってしまう。

椿山さんが確認《かくにん》のために職員室《しょくいんしつ》へ向かい、展示《てんじ》に使う教室にいるのは桜川くんと私《わたし》のふたりだけだった。

「ねぇ」

「なんですか？」

「桂木さんが初めて華道《かどう》クラブに来たときだけど」

桜川くんにじっと見られて、ドキリと心臓《しんぞう》が高鳴った。

そのときだった。

「どうしよう！」

勢《いきお》いよくドアを開けて、教室に駆《か》け込《こ》んできたのは椿山さんだった。

ふだんの椿山さんなら廊下《ろうか》を走るなんてことは絶対《ぜったい》にしないのに、よっぽど急いできたのか。長い黒髪《くろかみ》も息も乱《みだ》れている。

「私《わたし》、なんてことを！」

「椿山さん？」

「なにがあったの？　もしかして花器のこと？」

桜川くんに言われて、こくりとうなずいた椿山さんはどうにか息を整えると話し出した。

「私《わたし》、日付をまちがえていて、花器が届《とど》かないのはそのせいで。新しく花器を借りられないかお願いしたんだけど、間に合わないって」

「落ち着いて。とりあえずある花器で、どうにかすれば」

「でも、それじゃあ、ふだんとなにも変わらないじゃない！」

「椿山さん……」

「私《わたし》、三人での展示《てんじ》を絶対《ぜったい》成功させたくて。でも、私《わたし》のせいで展示《てんじ》ができなくなるなんて……本当にごめんなさい」

「あきらめるのは早いよ。個人《こじん》じゃなくて、三人でひとつの作品にするのはどう？」

「三人で作る花の新しいテーマはどうするの？　そんなすぐには浮《う》かばない

し」

特別なものを用意している時間はもうなくて、すぐに準備《じゅんび》できそうなものでどうにかしないといけない。

今ある花は三人それぞれが選んだ花だから組み合わせるのは難《むずか》しそう。

モンステラに、センニチコウに、ハイドランジア。

花を見ていた私《わたし》は、ハイドランジアの色が変わる性質《せいしつ》を思い出した。

「理科の実験……」

そこで、私《わたし》はあるテーマを思いついた。

だけど、私《わたし》の意見を伝えても大丈夫《だいじょうぶ》かな。

不安もあるけど、でもこのふたりならきっと大丈夫《だいじょうぶ》。

私《わたし》は勇気を出して、ふたりに提案《ていあん》することにした。

「あのっ、新しいテーマについてなんですけど……『学校のアリス』は、どうですか？」

「アリスって、あのふしぎの国のアリスのこと？」

「はい。私《わたし》、華道《かどう》クラブに入って華道《かどう》の世界を初めて知って。花の名前やディスプレイが気になるようになって、素敵《すてき》だなって思うものが増《ふ》えて、新しいことを知るたびに、お祭りみたいに楽しくて。展示《てんじ》を見に来てくれた人たちにも毎日の中で〝素敵《すてき》〟って思うものが増《ふ》えたり、新しいことを知るわくわくや感動を楽しんでもらえたらいいなと思って」

「いいテーマだと思うわ。それなら花器はいつも使っているものでも大丈夫《だいじょうぶ》ね」

「それで他のクラブから壊《こわ》れたり、使わなくなったりしたものを貸《か》してもらって、それらを花器のかわりにして花をいけるのはどうかなって。日常《にちじょう》を過《す》ごしている学校でふだん使っているものが特別なものになるので、学校祭のテーマにも合うと思うんです」

これは林先生の友達が牛乳瓶《ぎゅうにゅうびん》に花をいけた話がもとになっている。

それに桜川くんも水が入ればなんでも花器になるって言っていたから。

「なるほど、だから『学校のアリス』なんだね。おもしろいテーマだと思うし、それでいこう」

桜川くんはすぐに動き出した。

「今の時間なら、まだ他のクラブも残ってるはずだから、手分けして声をかけに行こう。俺《おれ》は向こうの校舎《こうしゃ》に行ってくるから、ふたりはこの校舎《こうしゃ》にいる他のクラブに声をかけてみてくれる？」

「じゃあ、私《わたし》は一階にいるクラブに声をかけてくる！」

「私《わたし》は三階に行ってきます！」

私《わたし》たちは教室を飛び出すと、まだ準備《じゅんび》で残っているクラブのもとに走った。

さっき演奏《えんそう》が聞こえていたから、吹奏楽《すいそうがく》クラブがまだいるはずだ。

授業《じゅぎょう》で何度ものぼっているはずの階段《かいだん》が今はひどくもどかしく感じる。

必死に階段《かいだん》をのぼり終えて音楽室に向かうと、そこにはまだあかりがついていて、中からは話し声も聞こえてくる。

知らない人がたくさんいるのは緊張《きんちょう》するけど、今はそんなことを考えている場合ではない。

音楽室の前までやってきて呼吸《こきゅう》を整えると、ドアを一気に開いた。

「すみません、華道《かどう》クラブなんですけど」

いきなりたずねてきた私《わたし》に吹奏楽《すいそうがく》クラブの人たちはとても驚《おどろ》いた顔をしていた。

「えっ、楓子ちゃん？」

「絵里《えり》ちゃん！」

吹奏楽《すいそうがく》クラブの人の中に友達を見つけた私《わたし》は絵里ちゃんのところに向かった。

「どうしたの、急に」

「お願いがあって来たの。壊《こわ》れた楽器があったら、華道《かどう》クラブに貸《か》してもらえないかと思って」

「どうして壊《こわ》れた楽器がいるの？」

そこに吹奏楽《すいそうがく》クラブの部長がやってきた。

「華道《かどう》クラブで花の展示《てんじ》をするのに必要なんです！」

「たしか片面《かためん》が破《やぶ》れたドラムがあったはずだけど……」

私《わたし》は壊《こわ》れたドラムを持って、華道《かどう》クラブの教室へと戻《もど》った。

教室には桜川くんと椿山さんの姿《すがた》があって、

机《つくえ》の上にはふたりがクラブを回って集めてきたものがいくつも置かれている。

「すごい、こんなに集まるなんて」

「あぁ、意外とおもしろがってくれたやつが多くてな」

「私《わたし》もそういうことなら協力すると言ってもらえて」

だけど、ここからが本番だ。

「じゃあ、集まったものをどうするか考えていきましょう」

残された時間は長いとは言えない。

それでも最後まであきらめることはしたくなかった。

「これとこれを組み合わせるのはどうだ？」

「いいですね。じゃあ、こっちはこうして」

「あら。だったら、このほうがいいんじゃない？」

三人で必死になって知恵《ちえ》を出し合いながら、学校祭の花をいけていく。

どうにか花をいけ終わったのは巡回《じゅんかい》の先生がやってくる少し前のことだっ

た。

「で、できたぁ」

「なんとか間に合ったな」

「よかった。本当によかったぁ」

最初に予定していたものと形はちがってしまったけれど、教室には三人で懸命《けんめい》にいけた花が美しく咲《さ》き誇《ほこ》っていた。


そうして学校祭の日がやってきた。

この日は学校に通う生徒の保護者《ほごしゃ》たちが訪《おとず》れ、学校内はにぎやかになる。

私《わたし》の両親も少しだけだが顔を出すと言っていた。

「緊張《きんちょう》してるのか？」

「少し。ちゃんと説明できるかなとか、花の名前わかるかなとか」

花の名前はそれぞれの作品の前に説明書きを置いてはいるけれど、展示《てんじ》を見に来てくれた人から花の名前やどんな花なのかと聞かれることも考えて、答えられるように説明をまとめたメモを持っている。

それでも私《わたし》の緊張《きんちょう》はおさまらなくて、学校祭が始まる時間が近づくにつれてドキドキしてくる。

「お客さんに見に来てもらえるかな」

一応《いちおう》、ポスターを作って華道《かどう》クラブの教室のドアに貼《は》ってみたけど、気づいてもらえるか不安だ。

「見に来てもらえるわ。だって、こんなに素敵《すてき》な花なんだもの」

椿山さんはきっぱりと言うと、私《わたし》と桜川くんに向き合った。

「私《わたし》のせいで、ふたりに迷惑《めいわく》をかけてしまって。本当にごめんなさい」

「だから謝《あやま》るのはもういいって言っただろ」

「それとありがとう。新しいテーマを提案《ていあん》してくれて」

椿山さんはまっすぐに私《わたし》を見た。

「最初にやろうとしていた展示《てんじ》よりも、すごく素敵《すてき》だと思うから、たくさんの人に見てもらいたいわ」

そのとき、教室にあるスピーカーから学校祭開始のアナウンスが流れた。

それから少しすると保護者《ほごしゃ》や生徒たちがやってきたのか、教室の外がさわがしくなり、にぎやかな足音が聞こえてくる。

けれど、その足音は教室から離《はな》れていってしまう。

なかなか見に来てくれない不安とあせりの気持ちでいっぱいになりかけたときだった。

「楓子ちゃん」

「絵里ちゃんに、智《とも》ちゃんも！　来てくれたんだ！」

やってきたのは友達の絵里ちゃんと智ちゃんだった。

「ふたりとも発表があるんじゃなかったの？」

絵里ちゃんは吹奏楽《すいそうがく》クラブに、智ちゃんは料理クラブに入っていて、たしかステージでの発表と展示《てんじ》の当番があったはずだ。

「発表は午後からだし、せっかくなら楓子ちゃんの展示《てんじ》見に行きたいなって思って」

「私《わたし》も料理クラブの展示《てんじ》当番は午後だから。それに貸《か》した道具がどんなふうになってるのかなって、気になっちゃって」

「ありがとう」

私《わたし》はふたりを教室の奥《おく》へと案内する。

そこは暗幕《あんまく》で仕切られていて、暗幕《あんまく》の真ん中にはその奥《おく》へ通じる段《だん》ボールで作ったドアがあった。

「……学校のアリスへ。特別じゃない、特別な一日にようこそ？」

「ふふ、なんだかおもしろいね」

ドアに書かれていた文字を読んだふたりはそっとドアを開けた。

その先にあったのは……。

「わぁっ！　本当にアリスの世界に迷《まよ》い込《こ》んだみたい」

「これ、ぜんぶ楓子ちゃんが？」

「私《わたし》だけじゃなくて、華道《かどう》クラブ三人でいけた花だよ」

教室の奥《おく》には学校で見かけるものと一緒《いっしょ》に花が飾《かざ》られていた。

「あのお花の器《うつわ》に使ってるのって、もしかして昨日、持って帰ったドラム？」

「そうだよ。片面《かためん》が破《やぶ》れていたから、ドラムの中に小さな花瓶《かびん》を置いてみたの」

ドラムからはオレンジのダリアがのびのびと花を咲《さ》かせている。

これは片面《かためん》が破《やぶ》れてしまったドラムを花器に見立てて、ドラムのにぎやかな音を明るい色のダリアで表現《ひょうげん》してみたものだ。

「こっちでお花を支《ささ》えてるのは、よく見ると壊《こわ》れた泡《あわ》だて器《き》なんだね」

智ちゃんが見ていたのはガラスのボウルに立てられた泡《あわ》だて器《き》だ。

これは雑貨屋《ざっかや》にあったワイヤーを丸めてつくったオブジェから思いついたアイディアだ。

「うん。ワイヤーのすきまに花をさしてるの。そうすれば花が倒《たお》れることなく、一番向いてほしい方向に向いてくれるから」

泡《あわ》だて器《き》のすきまから顔をのぞかせているのは白いバラ。

ふわふわの花びらが生クリームのようで、近くには作り物の小さなケーキを置いている。

「なんだかすごくおしゃれに見えるね。壊《こわ》れた泡《あわ》だて器《き》なんて言われないとわからないもん」

「ふしぎだよね。どれも学校にあるものなのにすごく新鮮《しんせん》っていうか、ぜんぜんちがうものみたい」

ふたりの感想に私《わたし》はうれしくなった。

「おっ、すげー！」

「貸《か》したものがどんなふうに使われてるか気になって見に来たぞ」

「ねぇ、見て。あそこ、私《わたし》たちのクラブのものが使われてるよ」

その後も道具を貸《か》してくれたクラブの人たちが、自分たちが貸《か》した道具がどんなふうに使われているのか気になって見に来てくれた。

「卓球《たっきゅう》のラケットと一緒《いっしょ》に飾《かざ》ってあるのはポンポン菊《ぎく》。ピンポン菊《ぎく》とも呼《よ》ばれていて、卓球《たっきゅう》にはぴったりだなって思ったから」

「そんなことまで考えて、ラケットに合う花をわざ

わざ選んでくれたんだな」

「華道《かどう》って、こんなに自由なんだ」

桜川くんの友達は桜川くんから花の説明を聞いてうれしそうだ。

そんな桜川くんの隣《となり》では、椿山さんが花について説明していた。

「三角フラスコにいけてある赤い花はケイトウ、青い花はハイドランジアです。ハイドランジアは西洋アジサイとも言われていて、土の成分で色を変えるんです」

「なるほど、だから三角フラスコにいけてあるのか。リトマス紙みたいでおもしろいな」

「ええ、花は奥《おく》が深くておもしろいの！」

椿山さんも楽しそうに花の説明をしている。

それから少しすると保護者《ほごしゃ》の人たちも花を見に来てくれた。

「いいかしら？　あの花はなんていう名前の花なの？」

急に声をかけられたこともあって、ちゃんと説明がしたいのに頭が真っ白でなにも浮《う》かんでこない。

そんな私《わたし》を助けてくれたのは桜川くんだった。

「落ち着いて。メモにちゃんと書いてたから大丈夫《だいじょうぶ》だよ」

桜川くんに言われてメモを見ていくと、その花について書いているページを見つけた。

「えっと、あの花は」

気づけば、メモを見なくても花について説明ができるようになっていた。


こうして学校祭は無事に幕《まく》を閉《と》じた。

華道《かどう》クラブの展示《てんじ》には思っていた以上にたくさんの人が来てくれて大成功だった。

見に来た人たちは私《わたし》たちがいけたお花をほめてくれたし、お花自体にも興《きょう》味《み》を持って、いろいろな質問《しつもん》をしてくれる人もいて、私《わたし》たちもより説明に熱が入った。

桜川くんと椿山さん、そして私《わたし》の両親も展示《てんじ》を見に来てくれて、少し照れくさかったけど、一生懸命《いっしょうけんめい》にいけた花を家族からもほめてもらえたのはうれしかった。

椿山さんは自分の両親を校門まで送っていくからと、少し前に教室を出ていった。

だから、今、展示《てんじ》が終わった教室には私《わたし》と桜川くんのふたりだけ。

さっきまで人がたくさんいて、あんなににぎやかだったのが、まるでうそみたいに今は静かだ。

「初めての学校祭での展示《てんじ》はどうだった?」

「大変だったけど、楽しかったですね!」

「そうだね。それにたくさんの人に花を見てもらうことができたし」

そう話す桜川くんはとてもうれしそうだった。

「ありがとう。桂木さんが新しいテーマを出してくれて助かったよ」

「そんな、私《わたし》はただ思いついたことを言っただけで」

「でも、そのおかげで助かったから」

「……私《わたし》、自分でも花をいけることができるのかなって、不安のほうがずっと大きかったんです。でも今は華道《かどう》クラブで花をいけることがすごく楽しくて。だから成功して、本当によかったです」

「華道《かどう》クラブまで、ずっとついてきたときはどうしようかと思ったけど。あのとき、桂木さんに見学してみないかって声をかけてよかったよ」

「あのときは、すみません」

最初に出会ったときのことを言われて、恥《は》ずかしい思いでいっぱいになる。

「謝《あやま》らないで。じつは花を持っていったときから、桂木さんがいることには気づいてたんだ」

まさか、じっと見てたのがバレてたなんて。

驚《おどろ》く私《わたし》を見て、桜川くんは笑っていた。

私《わたし》からすれば、ぜんぜん笑い事じゃない。

「あの、なんでずっと黙《だま》ってたんですか？」

「空き教室の前に花があっても、とくに気にせずにそのまま通《とお》り過《す》ぎる人も結構《けっこう》いるんだけど、あのときの桂木さんはまっすぐに花を見てくれてたから」

そのときのことを思い出したのか。

桜川くんはすごくうれしそうな顔で私《わたし》に話してくれた。

「それに初めて花をいけるときもすごく楽しんでくれたから」

ふわりと、桜川くんは花が咲《さ》いたみたいに笑った。

その笑顔《えがお》を近くで見てしまったせいか。

だんだんと顔が熱くなっていくのがわかった。

「待たせてごめんなさい」

そこに椿山さんが戻《もど》ってきた。

両手にジュースの缶《かん》を三本持っていた。

「はい、これ。両親からの差し入れ。ふたりにもよろしくって言ってたわ」

「ありがとう。桂木さんから選んでいいよ」

「あ、ありがとうございます。じゃあ、これで」

私《わたし》がオレンジジュースを選ぶと、りんごジュースを選んだ椿山さんはなにも言わずに、じっと私《わたし》を見た。

なにか悪いことをしたのかなと内心あわてていると、椿山さんはムッとしたように眉根《まゆね》を寄《よ》せ、私《わたし》と桜川くんの間にわざわざ入ってきた。

「私《わたし》がいない間に、ふたりだけで仲良くしているなんてずるい！」

ふだんのどこかおとなっぽい椿山さんとのギャップがなんだかかわいくて、今の椿山さんも好きだなと思った。

「そんなことを言うなら、もっとふだんから桂木さんと話せばいいのに」

「だって、どうすればいいかわからなくて。私《わたし》が昔から友達が少ないの知ってるでしょ？」

「昔からって……、ふたりは昔からの知り合いなんですか？」

「うん。俺《おれ》のおばあちゃんが華道《かどう》の先生で、椿山さんは小さいころからお花を習いに来てるんだよ」

「でも、そのことを知られたら面倒《めんどう》そうだから、

学校では秘密《ひみつ》にしてるの。誰《だれ》かにこのことを話すのは桂木さんが初めて」

「そうだったんですね」

ふたりがまさかそんなに昔から知り合いだったなんてびっくりしたけど、ふたりの秘密《ひみつ》を教えてもいいと思ってもらえるくらいに信頼《しんらい》されていることがうれしかった。

「せっかくだし乾杯《かんぱい》しようか」

桜川くんの言葉に私《わたし》と椿山さんは缶《かん》を開けた。

――プシュッ！

そんな音が三つ、教室の中に響《ひび》く。

「じゃあ、学校祭の展示《てんじ》の成功と」

「桂木さんの華道《かどう》クラブ入部を歓迎《かんげい》して」

ふたりはじっとこっちを見て、私《わたし》の言葉を待っている。

「えっと、じゃあ、これからも三人でずっと楽しく華道《かどう》を続けられますように！」

「それじゃ、乾杯《かんぱい》っていうより願い事だよね。それにわざわざ願わなくたって、俺《おれ》も椿山さんもそう思ってるよ」

「ええ。でも、いいんじゃない。桂木さんらしくて」

「それもそうだね」

ふたりが笑うのにつられて、気づけば私《わたし》も笑っていた。

「じゃあ、乾杯《かんぱい》」

「乾杯《かんぱい》」

「か、乾杯《かんぱい》っ！」

ずっと三人で楽しく花をいけていけますように。

そして、もっと上手に花をいけられますように。

そんな願いを込《こ》めて缶《かん》を合わせた。

GRAPE
ORANGE

おはなし
日本文化
ひとくちメモ

春夏秋冬の花をいけて生活を豊《ゆた》かにし続けてきた華道《かどう》

「和の心」を室内で。
550年以上続いてきた、四季折々の花や自然を愛《め》でる
日本ならではの「いけばな」文化。

華道《かどう》のはじまりと発展《はってん》

木や草花を見ると「きれいだなあ」「心が落ち着くなあ」と感じませんか？　華道《かどう》（いけばな）はそのような「植物を敬《うやま》う心」から広がった日本ならではの文化です。

華道《かどう》には、五百五十年以上の長い歴史《れきし》があります。約千五百年前、日本に仏教《ぶっきょう》が伝わり、仏《ほとけ》さまに花を供《そな》える習慣《しゅうかん》ができたことが華道《かどう》のもとになったとされています。

室町《むろまち》時代には、武士《ぶし》・公家《くげ》の間で花を飾《かざ》ることが流行しました。なかでも、一四六〇年ごろ京都・六角堂《ろっかくどう》の住《じゅう》職《しょく》を務《つと》めていた池坊専慶《いけのぼうせんけい》がいける花が素晴《すば》らしいと話題になりました。

室町時代に広がった建築様式《けんちくようしき》「書院造《しょいんづく》り」も華道文化《かどうぶんか》の発展《はってん》をあとおしするきっかけになったようです。書院《しょいん》造《づく》りとは、書院（居間《いま》・書斎《しょさい》）を中心につくられた家の

ことです。お客さんをもてなすために部屋の中に「床《とこ》の間《ま》」や「棚《たな》」がつくられ、そこに美術品《びじゅつひん》や花が飾《かざ》られるようになりました。この風習により「花を供《そな》える」「花を飾《かざ》る」だけでなく、「花を使って空間を演出《えんしゅつ》する」ようになったと考えられています。

室町時代後期には、池坊専慶の後継者《こうけいしゃ》であり花をいける名手として活躍《かつやく》した池坊専応《いけのぼうせんおう》が、華道《かどう》の技術《ぎじゅつ》と思想を含《ふく》んだ「いけばなの理論《りろん》」を確立《かくりつ》しました。

江戸《えど》時代、小さな座敷《ざしき》の花として手軽ないけばなが流行し、日本全国で花がいけられるようになりました。

明治《めいじ》時代以降《いこう》、洋花《ようばな》（西洋由来の草花）が輸入《ゆにゅう》されたことで、華道《かどう》に使える花の種類が一気に増《ふ》えました。それまでは瓶《びん》や壺《つぼ》のような器《うつわ》に飾《かざ》ることが多かった花も、種類が増《ふ》えたことで、より美しく見える花器やいけ方が編《あ》み出《だ》されていきました。

今では三百以上の流派《りゅうは》（花のいけ方や考え方）があり、時代に合わせて変化しながら次の世代に受《う》け継《つ》がれています。

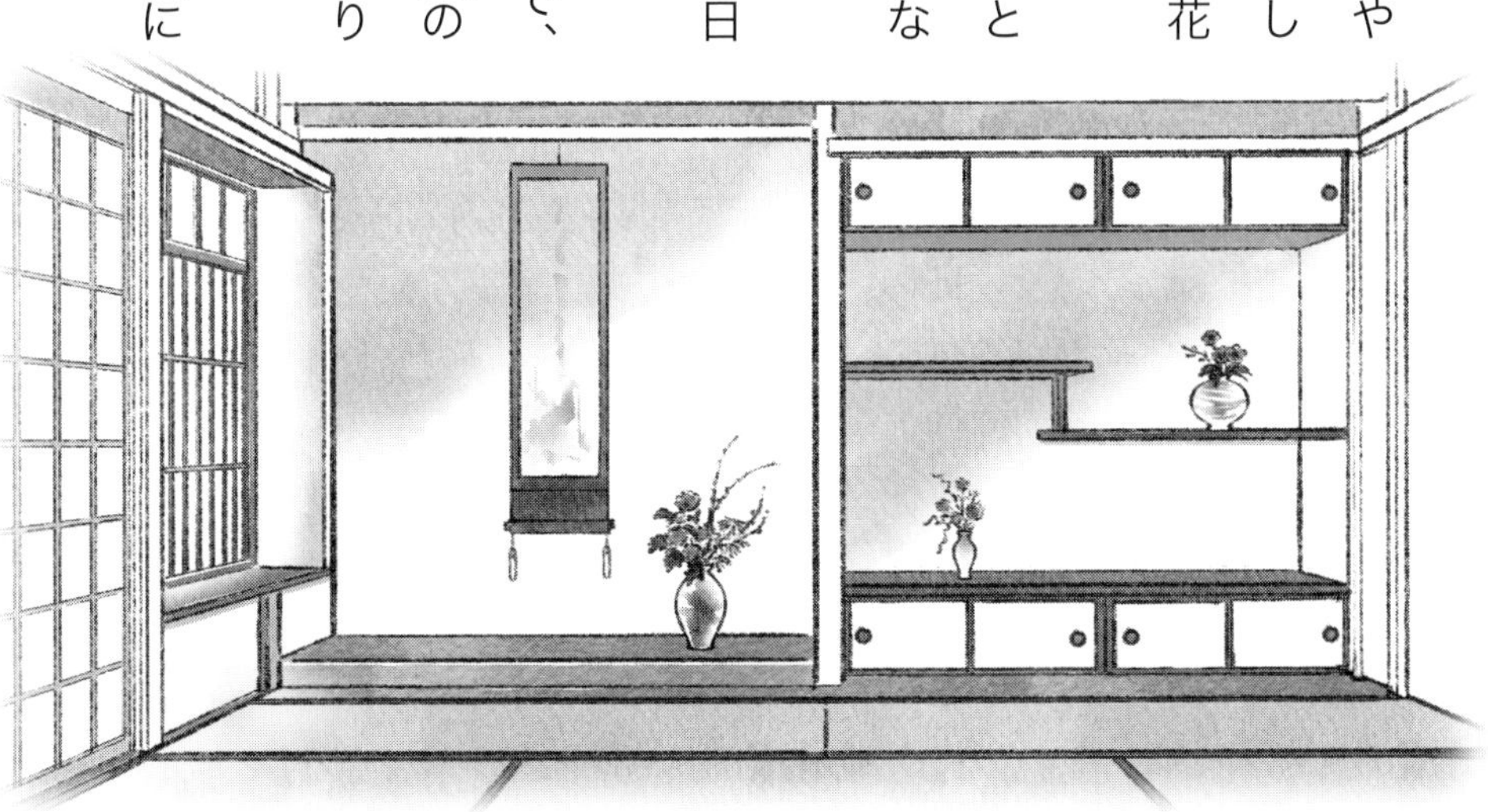

実際《じっさい》にいけてみよう！

華道《かどう》のいけ方や考え方は流派《りゅうは》によってすこしずつちがいますが、共通点もあります。

まず、主役としていける花、引き立て役としていける花のように、それぞれの役割分担《やくわりぶんたん》を考えます。ひとつの作品に対し、数種類の花を複数本《ふくすうほん》使うことが多く、たくさんの種類の花を使うことはあまりありません。

それから、なにを表現《ひょうげん》するかを決め、花器を選び、どの花をどこに使って形作るか、完成図を想像《そうぞう》します。

実際《じっさい》に花をいけていくときに使う道具は、花器、花バサミ、剣山《けんざん》（花留《はなど》め）の三種類です。楓子《ふうこ》が学校祭でアイディアを出していたように、いろんなものが花器になります。花バサミでいらない花や枝《えだ》を切り落とし、剣山《けんざん》で固定しながら花器に花をさしていけば、完成です！

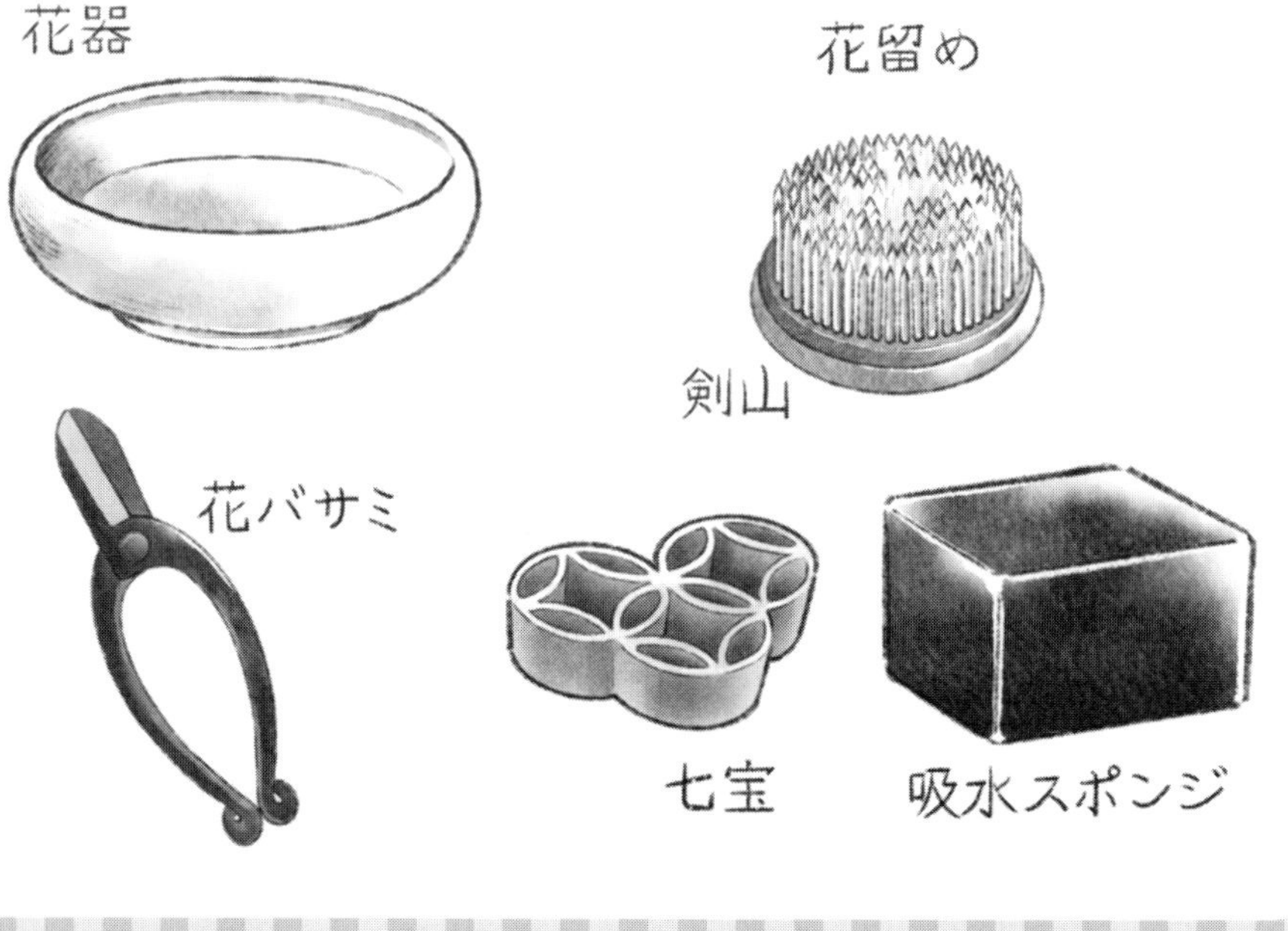

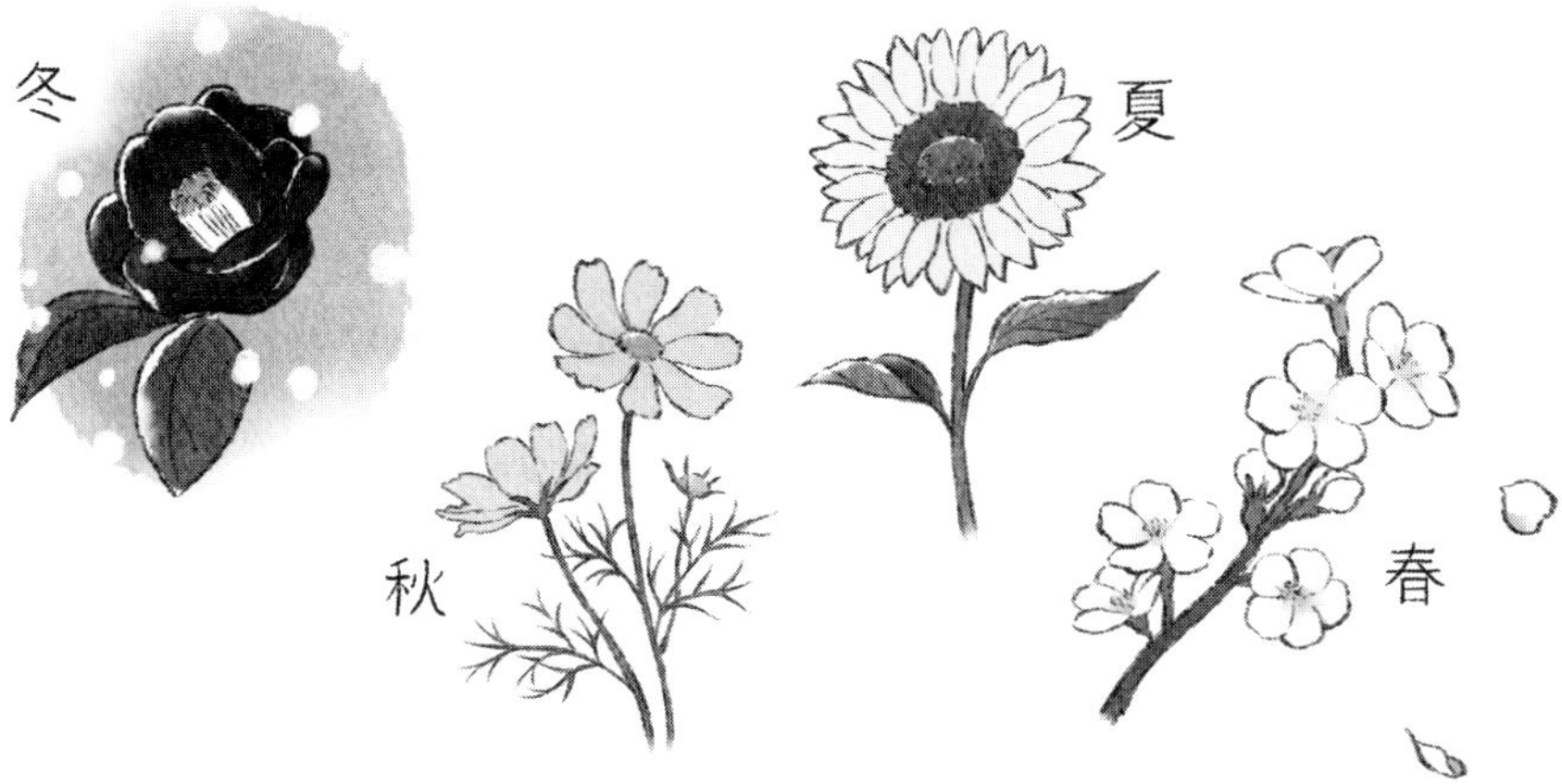

華道《かどう》で身につく力

林《はやし》先生は、華道《かどう》で集中力や観察力が身につくと言っていましたね。華道《かどう》をはじめると、どんないいことがあるのでしょうか。好きな花を選んで、どのように組み合わせていけるかを考えることで、「想像力《そうぞうりょく》」が身につきます。また、花をいけるのは、どの部分を切るべきかなど、常《つね》に決断《けつだん》の連続です。一度切るとあともどりができないので、高い「集中力」も身につきます。

春はサクラ、夏はヒマワリ、秋はコスモス、冬はツバキなど、華道《かどう》に使う季節の花は日常《にちじょう》にもあふれています。華道《かどう》は、自然の美しさを生活の中に取り入れて、四季の変化を楽しむ日本の文化です。自然を大切にする心や「観察力」が身について、ふだん意識《いしき》していなかったものが目に入るようになると、楓子《ふうこ》のように、なんでもない日常《にちじょう》がもっと素敵《すてき》に見えてくるかもしれません。

結来月ひろは｜ゆくづき ひろは

京都府生まれ。ライトノベル、ノベライズ、キャラ文芸、児童向け作品、漫画原作を執筆。主な著書に『いけよし！ 花咲中学華道部』（カラフルノベル）、『京都東山ネイルサロン彩日堂 ネイリストは神様のなりそこない』（PHP文芸文庫）などがある。

miii｜ミー

岐阜県生まれのイラストレーター。透明感と優しさを感じさせるタッチで子どもや子ども服、動物を中心としたイラストをてがける。書籍挿絵、ファッションイラスト、オリジナル商品の展開などの活動を行っている。

https://www.tronc-miii.com

参考資料（ウェブサイトの参照月はいずれも 2024 年 11 月）

- 『小学生のための「茶道」「華道」』「小学生〝和〟のおけいこ」編集室／著（メイツユニバーサルコンテンツ）
- 華道（生け花）とは？魅力や歴史、流派、初心者向けの基礎知識をご紹介！
  https://wa-gokoro.jp/accomplishments/kado/
- いけばなの歴史
  https://www.ikenobo.jp/ikebanaikenobo/history/

おはなし日本文化《にほんぶんか》　華道《かどう》

咲《さ》かせよう！　世界《せかい》のフェスティバル

2025 年 2 月 20 日　第 1 刷発行

作　結来月《ゆくづき》ひろは

絵　miii《ミー》

監修　華道家元池坊《かどういえもといけのぼう》

発行者　安永尚人

発行所　株式会社講談社

〒 112-8001 東京都文京区音羽 2-12-21

電話　編集 03-5395-3535

販売 03-5395-3625

業務 03-5395-3615

印刷所　共同印刷株式会社

製本所　島田製本株式会社

KODANSHA

N.D.C.913 79p 22cm ©Hiroha Yukuduki / miii 2025 Printed in Japan ISBN978-4-06-537741-3

ブックデザイン／脇田明日香　コラム／編集部

本書は、主に環境を考慮した紙を使用しています。

VEGETABLE OIL INK